EDOUARD MANET

LETTRES DE JEUNESSE

1848-1849

VOYAGE A RIO

LOUIS ROUART ET FILS, ÉDITEURS

SIX, PLACE SAINT-SULPICE, PARIS-VIe

LETTRES DE JEUNESSE D'EDOUARD MANET

EDOUARD MANET

LETTRES DE JEUNESSE

1848 – 1849

VOYAGE A RIO

LOUIS ROUART ET FILS, ÉDITEURS
SIX, PLACE SAINT-SULPICE, PARIS-VIe

Ce riant, ce blond Manet,
De qui la grâce émanait,
Gai, subtil, charmant en somme,
Dans sa barbe d'Apollon,
Eut, de la nuque au talon,
Un bel air de gentilhomme.

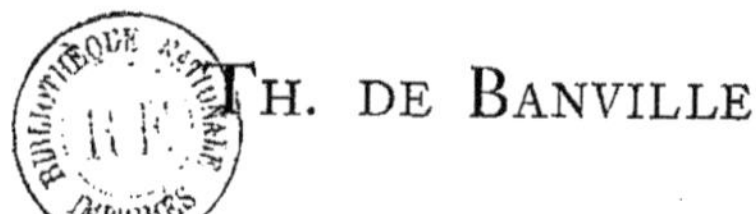

Th. de Banville

Ces lettres de jeunesse sont les seuls documents authentiques que nous possédions sur ce fameux voyage à Rio-de-Janeiro qui a donné naissance à tant de légendes. Manet, lorsqu'il les écrivit était bien jeune encore, presque un enfant, puisqu'il n'avait que dix-sept ans à peine, et cependant on y découvre déjà, quand on sait lire, ce qui fait le charme et la haute qualité de son art, une sensibilité vive et fraîche, une distinction de grand style, une saveur étrange, rare, inoubliable.

Mais ces lettres possèdent un autre mérite que celui de leur séduction. Elles nous montrent tel qu'il fut en réalité, sous son vrai jour, ce grand artiste que certains de ses récents biographes ont défiguré. La faveur pour ce qui est faux et imaginaire s'éteindra vite comme toutes les modes et le vrai reprendra ses droits. On préférera alors le portrait de Manet peint par lui-même, avec cet accent qui n'est qu'à lui, à l'image douteuse et vulgaire qu'en a tracée l'un de ces gens de lettres dont Degas disait qu'ils expliquent les arts sans les comprendre.

Jeudi

Chère Maman.

Je commence à m'habituer au hamac
j'ai bien dormi cette nuit.. ce que je n'avais pu
jusqu'hier; nous avons dans ce moment-ci un certain
tangage, produit par le roulage de la mer
car nous sommes dans le dernier bassin depuis
en attente d'un bon vent cela nous paraît bien
long à tous; nous faisons nos récréations à
monter dans la mâture ce qui permet de
nous rendre très agiles.

La nourriture ne laisse rien à désirer, tout
ce qu'on nous donne est excellent deux plats
de viande et du dessert à chaque repas.

On nous a permis d'aller à terre aujourd'hui
jusqu'à huit heures du soir, nous descendons
avec plaisir je t'assure,

On a voulu nous donner un certain air
militaire en plaçant à bord un homme
de garde armé d'un sabre et d'un fusil, c'est
aussi une mesure de sûreté; comme celui qui
a pour usage de quitter le bord.

Samedi à bord du vaisseau
Havre et Guadeloupe.

Chère Maman,

Je regretterais que tu ne sois pas venue m'accompagner jusqu'au Havre si je n'avais pas craint une nouvelle séparation et des adieux qui sont toujours si pénibles; tu aurais vu notre magnifique navire où nous serons on ne peut mieux; nous y trouverons non seulement le nécessaire mais encore un certain luxe et tout ce confortable console et rassure les pauvres mamans qui sont venues reconduire leurs enfants. J'ai passé aujourd'hui ma journée à arranger mes affaires dans ma case, il y a 36 lits, je couche dans un hamac, et Maindreville dans un des lits.

Partirons-nous demain, je l'ignore, mais à 4 heures nous nous embarquons; et nous nous mettons en partance attendant le vent favorable. Ce matin nous avons tous été remplir les formalités demandées à la marine et on nous a inscrits sur le rôle d'équipage. Nous avons 26 hommes à bord dont un cuisinier et un maître d'hôtel nègre. Nous avons de plus à l'arrière un très joli salon où il y a un piano.

Adieu, chère Maman, je pars content quoique bien attristé de notre séparation; et j'espère que ce que te dira Madame Maindreville te tranquillisera complètement; le confortable dont nous allons jouir m'a étonné.

Dis bien des choses de ma part aux frères, à Edmond, à tous nos amis enfin, sans oublier d'embrasser la bonne grand'mère.

Adieu, chère Maman, je t'embrasse bien tendrement.

ton fils respectueux

Edouard M.

J'ai été très sensible à la gracieuseté de Jules Munich qui est venu m'attendre au chemin de fer pour nous faire ses adieux.

Jeudi

Chère Maman,

Je commence à m'habituer au hamac, j'ai bien dormi cette nuit, ce que je n'avais pu faire hier; nous avons de ce moment-ci un certain tangage, produit par le voisinage de la mer; car nous sommes dans le dernier bassin, toujours en attente d'un bon vent; cela nous paraît bien long à tous; nous passons nos récréations à monter dans la mâture, ce qui promet de me rendre très agile.

La nourriture ne laisse rien à désirer, tout ce qu'on nous donne est excellent : deux plats de viande et du dessert à chaque repas.

On nous a permis d'aller à terre aujourd'hui jusqu'à huit heures du soir, nous descendons avec plaisir, je t'assure.

On a voulu nous donner un certain air militaire en plaçant à bord un homme de quart armé d'un sabre et d'un fusil, c'est aussi une mesure de sûreté; comme cela il n'y a pas moyen de quitter le bord.

Tes deux lettres m'ont fait bien plaisir, chère Maman, je

les attendais ; et je t'assure que je n'oublierai pas tes bons conseils.

Adieu chère Maman, je t'embrasse bien tendrement. Bien des choses à mes frères, à Jules, à Paul, à tous nos cousins, à Sophie et à ma bonne.

Ton fils respectueux

Edouard

Nous avons tout à fait le costume de marin : chapeau ciré, chemise en molleton, vareuse et pantalon en toile ; cet ensemble fait très bien ; aussi y a-t-il toujours sur le quai une centaine de badauds à nous regarder.

Enfin pour que tu saches bien ce que nous faisons chaque jour, voici l'ordre de la journée.

A 7 h. 1|2, branle bas et inspection, récréation jusqu'à 9 heures, à 9 heures déjeuner, à 10 heures classe jusqu'à midi, à deux heures classe, à 4 heures dîner, à 6 heures étude jusqu'à huit heures. On a jusqu'à dix heures pour se coucher parce qu'à cette heure il ne doit plus rester aucune lumière à bord.

Vendredi

Chère Maman,

Je viens te dire un dernier adieu; nous partons définivement demain à neuf heures, nous avons ce soir préparé toutes nos voiles, fait nos derniers préparatifs; il ne nous manque plus que nos moutons et nos cochons que nous devons prendre au moment de partir. Papa doit venir me faire ses adieux demain à bord; j'ai été bien heureux de l'avoir jusqu'à mon départ, il a été si bon pour moi pendant tout notre séjour.

Nous avons un temps magnifique pour notre départ de demain, la mer promet d'être très belle. Nous sommes tous enchantés de partir quoique nous soyons ici on ne peut mieux sous tous les rapports, car nous avons pour nous servir quatre pauvres petits mousses et deux novices que l'on mène à coups de pieds dans le derrière et à coups de poings, cela les rend diablement obéissants, je t'assure. Notre maître d'hôtel, qui est nègre, comme je te l'ai dit, et qui est chargé de leur éducation, leur flanque de fameuses roulées quand ils ne vont pas bien; quant à nous, nous n'usons du droit qui nous est acquis de les frapper, nous gardons cela pour les grandes occasions.

Notre chirurgien s'est embarqué aujourd'hui et a l'air d'un gros brave homme.

Adieu donc, chère petite Maman, je t'embrasse bien tendrement ainsi que mes frères Edmond, etc., et grand' mère, si elle est encore à Paris.

Rappelle-moi au souvenir de Jules, de Paul et de mon amie Mme Baudoin qui te consolera mieux de mon départ que toutes les Bonnefonds possible.

Nous embarquons une yole charmante pour pouvoir faire des promenades dans la rade de Rio-de-Janeiro. Je te répète, je regrette que tu n'aies pas vu notre navire : il est charmant, c'est un des plus jolis et des plus fins du Havre; on a tenu plus qu'on avait promis, on ne pouvait rien davantage, on a aussi emporté des hameçons, des lignes pour nous faire pêcher des requins, etc., et les officiers quoique *sévères* sont très bons enfants; nous avons du reste à nous bien conduire, car nous sommes soumis au même système pénitentiaire que les matelots, ceux qui feraient quelques bêtises seraient immédiatement mis aux fers; on y regarde à deux fois, tu peux le croire.

Adieu encore une fois

ton fils respectueux

Edouard M.

Vendredi 22 Décembre
à bord du Havre et Guadeloupe

Chère Maman,

Je peux enfin prendre la plume pour t'écrire, et causer avec toi sur ce que j'ai fait depuis mon départ; j'aurais voulu jour par jour pouvoir écrire ce que nous avons fait, mais le mal de mer et le mauvais temps m'en ont empêché, je le ferai dorénavant.

En partant du Havre, nous avons assuré notre pavillon de deux coups de canon et avons fait de bruyants adieux aux Havrais réunis en foule sur la jetée pour nous voir partir; le temps était magnifique, la mer très belle, je n'ai pas été malade de toute la journée, j'en étais fier car je voyais presque tous mes camarades collés sur les bastingages. A huit heures du soir nous avons aperçu le phare de Harfleur; nous n'avons plus vu de terre depuis ce moment. Je passe sur les trois ou quatre jours qui suivent; j'ai été horriblement malade du mal de mer. Le temps est devenu affreux; on ne peut pas se figurer la mer quand on ne l'a pas vue agitée comme nous l'avons vue, on ne se fait pas une idée de ces montagnes d'eau qui vous entourent et qui couvrent tout d'un coup le navire presque tout entier, de ce vent qui fait siffler les cordages et qui est quelquefois tellement fort qu'on est obligé de serrer toutes les voiles. Dans ces moments là j'ai regretté bien souvent, je t'assure, les douceurs de la maison paternelle; notre sortie de la Manche s'est bien effectuée, mais les vents contraires nous ont poussés jusqu'à la hauteur des côtes de l'Irlande ce qui nous a beaucoup détournés de notre route. Là nous avons vu, comme je te le dis, l'Océan dans toute sa colère, aussi sommes-nous maintenant presque tous habitués à voir notre navire ballotté par les vagues. Il me semble qu'il y a des mois entiers que je suis embarqué; quelle vie monotone que cette vie de marin! Toujours le ciel et l'eau, toujours la même chose, c'est stupide; il nous est impossible de rien faire, nos professeurs sont malades on ne peut se tenir dans l'entrepont, tant le roulis est fort. Quelquefois pendant le dîner nous tombons tous les uns sur les autres et les plats servis sur la table avec nous. Quand donc aurons-nous les beaux temps? Nous le désirons bien tous; les réponses que l'on nous fait sont toujours incertaines, on ne peut compter ni sur le vent, ni sur la mer; enfin dans la nuit du 15 au 16 le vent a changé nous avons viré de bord et nous sommes en bon chemin.

Samedi 16 Décembre

Nous avons un temps magnifique. A 7 heures du matin on nous fait monter dans les cordages pour y attacher notre linge sale et le faire sécher. A huit heures et demie on nous a fait monter nos hamacs et nos lits sur le pont pour leur faire prendre l'air, ils en avaient besoin. Enfin ce qu'on a fait de mieux, on a lavé à fond notre poste, cela nous a fait renaître tous, on n'y pouvait descendre sans avoir le cœur soulevé ; c'était une infection.

Dans la journée on nous a classés par mâts comme dans les navires de guerre, je suis dans les gabiers du mât de misaine. En attendant que nous puissions travailler les mathématiques, nous nous mettons vigoureusement à la manœuvre.

Dimanche 17

Le vent a encore changé pendant la nuit qui a été épouvantable ; il y a un pauvre matelot qui a reçu une poulie sur la tête, ce qui ne l'a pas empêché de travailler le lendemain comme à l'ordinaire. Tous ces gens là sont vraiment étonnants, ils sont toujours contents, toujours gais, malgré la dureté du métier, car il n'est pas amusant d'aller prendre un ris perché sur une vergue que touche quelquefois la lame, de travailler nuit et jour en un mot, quelque temps qu'il fasse ; du reste ils détestent tous leur métier.

Le soir à dîner nous avons eu du champagne, une

bouteille pour 6, le commandant est venu trinquer avec nous, on a bu à sa santé ainsi qu'à celle de l'état major. Nous sommes tous enchantés de Mr Besson; il est toujours poli et très doux avec nous quoiqu'il sache parfaitement garder sa dignité et se faire parfaitement respecter. Il n'en est pas de même du capitaine en second, c'est un vrai brutal, un loup de mer qui vous tient raide et vous bouscule joliment bien.

Dans les soirées après le dîner nous nous réunissons sur la dunette et nous chantons des chœurs, des chansonnettes etc. car nous avons quelques musiciens à bord, entre autres un jeune passager de 25 ans qui fait le voyage avec nous. Il est très bon enfant, c'est une espèce de camarade. Nous allons apprendre à chanter par la méthode Whilem; nous commencerons les cours alors que nous serons dans les pays chauds; c'est une idée du commandant.

Lundi 18

Encore un temps affreux, la mer est très grosse, cependant nous filons à 7 et 8 nœuds à l'heure, ce qui est fort bien marcher, nous sommes dans ce moment à la hauteur du golfe de Gascogne.

Le commandant s'est amusé à tirer des oiseaux de mer, il a tué une mauve, espèce de gros oiseau blanc que tu as dû voir quelquefois à Boulogne; il ne nous est permis que de regarder; il est étonnant de voir autant d'oiseaux si loin des côtes, tels que goëlands, plongeurs, etc.

Mardi 19

Nous avons enfin un temps magnifique. Nous commençons nos classes aujourd'hui, cela va assez bien malgré un fort roulis qui ne vous permet pas d'écrire très aisément; il nous tardait à tous de pouvoir commencer nos études, c'est si long de rester toute la journée sur le pont sans rien faire.

Nous avons bien filé cette nuit, nous sommes à la hauteur des côtes d'Espagne et espérons, si le vent continue, être dans six ou sept jours à Madère où nous ne débarquerons pas malheureusement; on se contentera d'envoyer une chaloupe qui portera mes lettres à terre; peut-être apprendrons-nous le nom de notre président; vous êtes peut-être bien agités en ce moment à Paris, pourvu que nous n'ayons pas la guerre civile, c'est si affreux; si nous n'apprenons rien à Madère, nous ne l'apprendrons que dans un mois et demi; nous n'arriverons pas avant à Rio-de-Janeiro.

Notre docteur a posé aujourd'hui des lignes pour prendre le thon; nous n'en prenons pas du tout. Tu ne te douterais pas de l'appât qui sert à les prendre : on attache au bout d'une forte corde une bouteille bien fermée d'un bouchon rouge, le tout accompagné d'un hameçon de grosseur raisonnable, la bouteille est, à ce qu'il paraît, pour eux tout ce qu'il y a de plus tentant.

Mercredi 20

Le vent a encore changé, nous avons mauvais temps et avec cela, on vient de nous mettre à la ration pour le pain au 1er déjeuner, on nous a donné du biscuit, ce qui est affreusement mauvais et au second déjeuner et à dîner un petit morceau de pain et du *biscuit;* nous sommes tous furieux; il ne faut pas que cela t'étonne, vous autres Parisiens vous ne savez pas ce que c'est que le biscuit de mer et surtout le biscuit quand il faut en manger à tous les repas;

tu demanderas à Paul ce qu'il en pense, pour moi je fais des conserves de pain, j'en chipe partout où j'en peux trouver et je le cache dans ma case ; je t'assure qu'on ne perd rien à bord.

Maindreville a bien de la peine à s'habituer à la mer, il n'est pas encore très bien portant. Il y en a deux autres encore qui, je crois, ne pourront pas s'y habituer non plus ; ils restent couchés toute la journée et, tu ne le croirais pas, tous nos matelots ont été malades en partant et ce sont pourtant tous de rudes gaillards, de vrais loups de mer.

Il se prépare une mauvaise nuit, nous embarquons considérablement, heureusement que cela ne m'empêche pas de bien dormir.

Jeudi 21

La pluie est, si c'est possible, encore plus ennuyeuse à bord qu'à terre. Je crois que nous serons obligés de nous tenir aujourd'hui dans l'entrepont.

Nous n'avons pas eu classe de mathématiques ce matin, le professeur est encore malade du mal de mer.

Nous sommes maintenant assez bien organisés, chère Maman, pour te dire ce que nous faisons heure par heure. A 6h 1|2, branle-bas, tout le monde monte sur la dunette et l'on passe l'inspection de l'officier de quart; à 8 heures, 1er déjeuner; à 8h 1|2, étude jusqu'à 10h moins le quart; jusqu'à dix heures récréation. A 10 heures, la bordée de babord va à la classe de mathématiques, (je suis de cette bordée); à 11 heures 1|2, on déjeune; à 1h, classe de littérature pour les babordais; à 2 heures et demi, récréation jusqu'à 3 heures; à 3 heures, classe d'Anglais pour tous les élèves; à 4 heures, dîner; jusqu'à sept heures, récréation, puis étude jusqu'à 9 heures et à 9 heures branle-bas.

Aujourd'hui Jeudi, nous avons eu une leçon de pratique malgré le mauvais temps et avons passé le reste de la journée dans notre poste à fumer, à jouer aux dominos, aux dames, etc., jeux que nous fournit l'établissement; ce qui me console de la pluie, c'est que nous avons bon vent.

Vendredi 22

Voici un bâtiment en vue; nous allons le héler et lui remettre nos lettres.

Adieu chère Maman je t'embrasse bien ainsi que papa, grand'mère, mes frères, Jules. Dis bien des choses de ma part à Paul, à Edmond, à ma bonne et à Sophie.

Rappelle moi aussi au souvenir de mes amis.

ton fils respectueux.

Edouard Manet

En vue de l'île Madère le 30 décembre
à bord du Havre et Guadeloupe

Vendredi 22 Décembre

Chère Maman,

On nous a tellement pressés ce matin pour fermer nos lettres que je n'ai pu te parler de notre entrevue avec le navire que nous avons rencontré. Aussitôt que nous l'avons aperçu nous avons couru dessous toutes les voiles dehors ; le malheureux, croyant que nous lui donnions la chasse, torchait de la toile, pardonne-moi l'expression, elle est consacrée. Pour le rassurer nous avons hissé notre pavillon ; tranquillisé il a hissé le sien, c'était un brick Portugais, et nous a salués. On a alors mis une chaloupe à la mer, montée par le lieutenant et trois hommes ; nous avons fait cadeau au capitaine de deux choses, un fromage de Hollande, de deux pains frais et de deux bouteilles de Cognac, ce qui a fait plaisir à tout l'équipage; les malheureux n'avaient presque plus de vivres, ils venaient de New York, avaient 22 jours de mer, étaient restés 8 jours à la cape; ils se rendaient à Porto dont nous étions distants ce matin de 120 lieues.

Samedi 23

Beau temps, mais vent contraire, voilà encore une de ces longues journées de passée.

Dimanche 24

Nous avons joyeusement fêté la Noël; à minuit nous avons eu un *réveillon* monstre; le commandant nous a fait cadeau de six bouteilles de champagne, de 4 gâteaux de Savoie et de deux paquets de cigares de la Havane; nous avions de plus du chocolat à l'eau fourni par les élèves, etc... Après avoir épuisé notre répertoire de chansons, nous nous sommes couchés à 4 heures du matin.

J'oubliais de te dire que ce matin nous avons rencontré un petit brick espagnol; nous avons vainement attendu le salut que nous devait ce bâtiment inférieur au nôtre et nous sommes passés côte à côte, sans nous faire aucune politesse.

Lundi 25

Nous espérons voir bientôt Madère; quel plaisir de voir la terre! Voilà 18 jours que nous ne l'avons vue.

Nous avons enfin pris un thon, le beau poisson; je ne peux pas te dire le bon poisson, car on le prépare pour l'état-major.

Mardi 26

Nous avons été obligés aujourd'hui de courir des bordées ce qui nous détourne encore de notre route, nous avons dépassé la hauteur des côtes de Portugal. Nous avons presque chaud maintenant, un beau soleil, et les jours se prolongent jusqu'à 6 heures du soir, tandis que vous devez être maintenant dans les froids. Ce soir la mer était plus phosphorescente qu'à l'ordinaire, le navire semblait fendre des lames de feu, c'était très beau.

Mercredi 27

Quelle journée magnifique! Nous avons dépassé les côtes de Portugal; aussi le soleil devient plus chaud, on en a profité ce matin pour laver les mousses : on a mis sur le pont une grande cuve d'eau et on y a plongé les 3 moutards qui, frottés à la pierre ponce par un matelot, sont sortis de là blancs comme neige, de noir qu'ils étaient auparavant. Ce bain froid forcé ne devait cependant pas être fort agréable.

J'ai dîné ce soir à la table du Commandant. Mr Besson est décidément un homme charmant; il sait parfaitement faire les honneurs de sa table.

Voilà le jour de l'An qui s'approche, quel bonheur pour Eugène et Gustave; nous tâcherons, nous autres habitants du Havre et Guadeloupe, de nous consoler un peu de ne pouvoir vous souhaiter une bonne année que de si loin.

Jeudi 28

Nous avons eu une belle journée, la mer était assez calme pour nous permettre de faire des armes. Mr Besson a fait l'honneur à un élève de tirer une botte avec lui. Nous possédons à bord un maître de canne, j'ai pris une leçon aujourd'hui ; j'ai des dispositions et j'espère être passé maître à la fin de la campagne.

A 4 heures, on a harponné des *marsouins* ; on n'a pu en blesser que deux. Ces animaux qui sont énormes, viennent par bande de 10 à 12 autour du navire et surtout à l'avant ; ils filent comme des éclairs et sont très difficiles à atteindre.

Vendredi 29

Nous avons toute la journée été obligés de courir des bordées sans pouvoir aborder à Madère.

Samedi 30 4 heures du matin

Quelle nuit agitée! à minuit ou 1 heure, le matelot de vigie s'est mis à crier terre; tout le monde a aussitôt été sur le pont, c'était Porta-Santa; nous apercevons à quelque distance une raie noire; c'est Madère. Nous y serons dans la journée.

Quel plaisir de voir la terre! il y a si longtemps que nous la désirons.

Adieu chère Maman, je t'embrasse bien tendrement ainsi que papa, grand'mère, mes frères, Jules. Dis bien des choses à Paul, à Edmond, etc. et à tous nos amis.

P.S. Je désirerais que papa me fît inscrire à Paris pour y passer mon examen.

J'espère bien trouver une lettre de toi à Rio-de-Janeiro.

En vue de Santa-Cruz de Ténériffe à bord du Havre et Guadeloupe le 6 Janvier 1849

Samedi soir 30 Décembre.

Chère Maman,

A deux heures du matin, comme je te l'ai dit dans ma dernière lettre, le matelot de vigie a crié terre, on s'est approché peu à peu, puis on a attendu le jour qui nous a fait voir l'île de *Porto-Santo;* jusqu'à 4 heures nous l'avons vue à la distance de 4 à 5 lieues : c'est une île montagneuse, entourée de rochers et habitée seulement par des pêcheurs; Madère s'en trouve éloigné de 25 milles; nous avons mauvais vents et sommes obligés de courir des bordées pour tâcher d'aller jusqu'à Madère.

J'ai dessiné l'aspect de l'île. Mon dessin vous en donnera une idée précise. La vue en est très exactement prise. Nous avons fait aujourd'hui une pêche magnifique, le maître voilier a harponné un *marsouin* énorme, on l'a hissé avec beaucoup de peine sur le pont, c'est un poisson très extraordinaire qui a une espèce de bec de canard et dont la machoire est entourée d'une rangée de petites dents blanches et aiguës; nous en avons mangé, sa chair a le goût du bœuf, ce n'est pas mauvais du tout, on le mange sauté dans la poêle.

Dimanche 31 Décembre

Tout espoir est perdu, nous ne relâcherons pas à Madère, nous avons eu beau louvoyer pendant toute la journée, les vents nous sont toujours contraires; ce soir à huit heures, nous avions perdu de vue Porto-Santo, nous gagnons les côtes d'Afrique; nous sommes tous désolés, car nous comptions bien y déposer les lettres et y faire une bonne provision d'oranges.

Lundi 1 Janvier 1849

C'est de bien loin, cher papa et chère maman, que je vous souhaite une bonne année, et vous embrasse bien tendrement ainsi que grand'mère et mes frères; soyez, je vous prie, l'interprète de mes souhaits auprès de Jules, de Paul, de ma tante, d'Edmond, de mes amis enfin.

Voici comment nous avons passé notre jour de l'an à bord : à 6 heures du matin, les matelots sont descendus à notre poste et nous ont réveillés en nous souhaitant mille choses, ils apportaient un magnifique pâté de marsouin fabriqué de leurs mains et qui était excellent. Une fois parés, nous sommes tous montés sur la dunette pour souhaiter la bonne année au Commandant; il a fait apporter du madère et a très bien fait les choses. Dans la journée nous avons joué à l'oie; ce jeu consiste à tâcher d'abattre avec un sabre, les yeux bandés, la tête d'une oie amarrée sur une poutre. C'est un matelot qui a remporté le prix; à 3 heures, nos jeux ont été troublés par une tempête qui s'est élevée tout à coup; on a mis de suite à la cape; nous avons eu un de ces temps où on amarre la barre du gouvernail et où tout le monde descend dans l'entrepont; cela ne nous a pas empêchés de bien nous amuser le soir. Nous avions invité à dîner tout l'équipage, on nous avait donné du champagne, et un de nos matelots, qui sait presque tous les opéras et opéras-comiques, nous a chanté tout son répertoire jusqu'à huit heures et demie. Nous nous sommes tous couchés enchantés de notre soirée.

Mardi 2 Janvier 1849

Nous sommes encore à la cape, la mer est affreuse ; il nous est presque impossible de travailler tant le roulis est fort.

Nous sommes maintenant sur les côtes du Maroc.

Mercredi 3 Janvier

Nous marchons enfin aujourd'hui, nous courons au plus près et en bonne route.

Jeudi 4 Janvier

Nous continuons à avoir très beau temps, nous avons toute la journée filé 8 et 8 nœuds 1|2, nous approchons des Canaries.

Vendredi 5 Janvier

Nous espérions apercevoir aujourd'hui à 4 heures le pic de Ténériffe qui se voit quelquefois à 40 lieues en mer, mais le grand soleil nous l'a complètement masqué. Mais poussés par une bonne brise et avec toutes nos voiles dehors nous devons être demain vers les dix ou 11 heures mouillés devant Santa-Cruz de Ténériffe; c'est là où nous mettrons nos lettres, nous y ferons probablement des vivres frais; on doit nous faire acheter des oranges qui y sont très bon marché; je me ferai acheter par un matelot des pipes du pays qui sont, dit-on, très bonnes; dis à papa, à Edmond et aux fumeurs de notre connaissance que je leur en rapporterai.

Adieu, chère Maman, je t'embrasse bien tendrement ainsi que Papa, mes frères, Grand'mère.

Edouard M.

Samedi 6 Janvier 1849

Cher papa

Encore une déception ; après être restés toute la journée à louvoyer en face de Santa-Cruz, nous avons été obligés de partir sans pouvoir mouiller. Les vents ont refusé. Nous avons cependant vu l'île de Ténériffe parfaitement bien, rien n'est si beau que son pic si connu, il a 11,130 pieds de haut, son sommet est couvert de neige, il est un vrai morceau de rocher taillé à pic ; Santa-Cruz, qui en est la capitale se trouve dans une anse. Rien n'est si joli que de voir cette petite ville avec maisons blanches éclairée par le soleil ; nous l'avons vu disparaître avec peine et tant que nous avons pu voir le pic nous avons regretté Ténériffe. Voilà un mois que nous sommes partis et l'on met ordinairement 12 jours pour faire un tel voyage; aussi nous avons eu tous les temps possibles, nous serons de vieux loups de mer en revenant. Vers les quatre heures du soir nous avons aperçu une baleine qui se jouait à 4 ou 5 mètres de notre navire, quel animal monstreux ! Elle jette de l'eau à une hauteur prodigieuse et fait des sauts hors de l'eau, qui permettent de l'apercevoir presque toute entière.

Le Commandant est bien contrarié, comme il nous le disait, nous n'avons pas de chance pour les îles.

A une heure du soir nous avons pris les vents alizés, aussi courons-nous grand-largue et filons-nous 10 nœuds à l'heure; on espère si le beau temps continue, arriver dans 25 jours à Rio.

Dimanche 7 Janvier

Nous continuons à avoir bon vent et beau temps; on nous fait faire tous les jours maintenant l'exercice du fusil dans la journée et le matin, de 6 heures et demie à huit heures, nous faisons des manœuvres, nous arquons et larguons des voiles. Monsieur Besson veut que nous en fassions dans les bâtiments de guerre de la rade du Rio; il espère faire de nous de très bons gabiers.

Ce soir après le dîner, tout le monde est monté sur la dunette et l'état-major, les élèves, et tout l'équipage jusqu'au dernier mousse, nous avons tiré les rois. C'est notre nègre qui a eu la fève, il a choisi pour reine le Commandant qui lui a fait apporter un verre de kirsch et lui a fait cadeau d'un paquet de cigares.

Lundi 8 Janvier

A 5 heures du soir nous avons passé le tropique du Cancer; nous ne sommes plus qu'à 520 lieues à peu près de la ligne, on nous y promet un somptueux baptême.

Mardi 9 Janvier

Nous voyons maintenant des bandes de poissons volants. Ce matin il y en a un qui est tombé sur le pont; c'est un charmant poisson avec deux longues ailes sur le dos et deux petites sous le ventre, il est à peu près gros comme une petite carpe, mais est bien plus effilé; ils habitent dans ce parage.

Mercredi 10 Janvier

Nous avons rencontré aujourd'hui deux navires anglais, deux petits bricks, nous sommes passés côte à côte, un seul nous a salués. Nous n'avons pas la chance de rencontrer quelque paquebot français qui nous tire de notre inquiétude sur ce qui se passe et s'est passé à Paris, nous nous bornons à des conjectures sur les suites qu'entraînera la nomination de tel ou tel président.

Les chaleurs commencent à se faire sentir, nous sommes en été, nous étouffons dans notre poste.

Jeudi 11 Janvier

Nous avons passé une charmante journée malgré une journée étouffante et un calme plat. Nous avons tiré à la cible. On avait amarré un homme de paille à une basse vergue de bonnette. Le Commandant a été d'une adresse extraordinaire. A 5 heures nous avons pris un thon énorme, on l'a ouvert aussitôt et on lui a trouvé dans le ventre deux poissons volants intacts. Nous sommes maintenant dans le pays des requins, nous espérons en prendre bientôt.

Vendredi

Nous filons 9 et 10 nœuds à l'heure et la chaleur augmente, aussi prenons-nous tous les soirs à 9 heures et demie un bain dans un grand tonneau que nous remplissons d'eau de mer.

Samedi 13

Nous avons toujours très beau temps, mais la chaleur redouble, ce qui est insupportable à cause de la soif qui vous tourmente continuellement.

Dimanche 14

Nous avons eu aujourd'hui un de ces calmes plats comme on n'en voit que sous les tropiques. La Seine n'est sûrement pas plus calme; nous n'avons pas de brise et ne faisons pas de chemin.

Dans la journée on a mis un canot à la mer, nous avons

été nous promener chacun à notre tour ; on a ensuite tiré à la cible.

Lundi 15

Toujours du calme ; nous attendons un orage qui puisse nous tirer de cette ennuyeuse position, car on peut rester un mois dans ces calmes sans trouver aucun vent.

Nous profitons de notre immobilité pour faire la manœuvre, nous devenons assez forts, nous y mettons beaucoup d'amour propre, c'est à qui s'en acquittera le mieux.

Mardi 16

Nous sommes maintenant dans le *pot au noir*, aussi avons-nous eu un orage. Ce matin nous avons repris notre route espérant bientôt être sous l'équateur ; tout se prépare en secret pour la fête.

Mercredi 17

Nous avions ce matin deux navires en vue. Vers le midi une bande considérable de souffleurs est passée près de nous; ces poissons sont presqu'aussi gros qu'une baleine et lancent de l'eau à une grande hauteur. Nous avons eu aussi un grain épouvantable, un orage des pays chauds.

Jeudi 18 et 19

Des orages presque tous les jours et calme plat. Nous avons deux gros requins qui nous suivent depuis ce matin, ils ne veulent pas mordre à l'émerillon que l'on a lancé dans l'eau.

Samedi 20 J.

Nous avons 8 navires en vue à une distance de 1 et deux lieues; on a l'habitude de passer la ligne au même degré, c'est ce qui explique cette rencontre.

Dimanche 21 et lundi 22 Janvier

Nous passons la ligne demain, aussi avons-nous eu aujourd'hui les préliminaires de la fête. A midi un astrologue, le gendre du père La Ligne, est descendu du grand mât suivi de son confident, il a fait monter le Commandant sur la dunette, a pris la hauteur du soleil, a indiqué la route à prendre et après avoir blagué le Commandant, est remonté, d'où il était venu pour savoir si le père La Ligne voulait nous permettre de passer ses états, la réponse devait nous être rapportée le soir à 5 heures. En effet après notre dîner nous avons été avertis par une pluie de fayots et par des seaux d'eau qu'on recevait des hunes de l'arrivée d'un messager équinoxial, il était suivi d'un paysan breton chargé de poules, d'œufs et de crêpes.

Le postillon a présenté une lettre au commandant de la part du père La Ligne. On nous en a fait la lecture : il nous permet de traverser ses états, il sera demain à bord. Le paysan commença alors à faire un tas de farces et flanqua une poignée de farine dans la figure du Commandant pendant qu'il examinait sa marchandise etc..... Le postillon de son côté vous envoyait des coups de fouet dans les jambes, à vous renverser.

Ce matin 22, il nous est défendu d'aller sur l'avant du

navire; une tente y est dressée, on attend avec impatience. On nous a mis en rang sur la dunette, nous entendons bientôt le tintement d'une cloche, c'est la messe qui va commencer : la procession débouche enfin : en tête se trouve le suisse, puis vient un prêtre, un enfant de chœur; le père La Ligne et son épouse, tous attifés il faut voir comment; le dieu Neptune, un barbier, deux gendarmes et enfin le diable et son fils. La procession est montée sur la dunette; le père La Ligne a fait quelques compliments au capitaine, lui a présenté sa moitié, puis le prêtre nous a fait un sermon des plus drôles et on a procédé en premier au baptême de deux canots qui n'avaient pas passé la ligne. La procession est rentrée sous la tente et les deux gendarmes sont venus chercher tour à tour chacun des patients; voici comment l'on s'y prend pour vous baptiser: on vous mène d'abord à l'autel où l'on se confesse ; le prêtre vous fait prêter maints serments, l'on communie; l'on passe alors entre les mains du barbier qui vous badigeonne la figure le cou etc. avec de la couleur puis vous râcle ensuite la peau tant qu'il peüt avec un rasoir en bois de deux pieds de long, ce n'est pas tout; un homme vous prie de vous débarbouiller dans une grande terrine d'eau qui se trouve près de l'autel; moi qui ne me doutais pas de la farce, je ne me fis pas prier, mais il m'empoigna par les jambes et me fit piquer de ces têtes qui pouvaient compter. Après cette épreuve on se croit généralement quitte, mais à peine a-t-on fait deux pas hors de la tente que l'on tombe entre les bras du diable qui n'était autre chose que notre nègre, et qui vous barbouille du haut en bas avec sa queue toute imbibée de noir. Tout le monde une fois baptisé, chacun a pris un seau et on s'est aspergé à qui mieux mieux, tout le monde était de la partie, professeurs, commandant, etc... Nous avons entre autres empoigné Dubois, nous l'avons frotté de noir de la tête aux pieds, cela sans compter tous les seaux d'eau qu'on lui a fourrés, il était furieux. Enfin est venu le moment de cesser, et de se nettoyer; nous étions tous noirs jusqu'à la ceinture, nous nous sommes vus obligés de nous frotter pendant deux heures avec de la graisse fondue, ce qui nous fait empester. Le reste de la journée s'est bien passé; on a eu congé, le dîner a été meilleur, nous voilà enfin marins, nous avons passé la ligne; il y a tant de capitaines de vaisseaux qui ne l'ont pas passée.

Mardi 23

Nous avons bon vent et espérons être dans 15 jours à Rio.

Mardi 30

Nous sommes depuis deux ou trois jours en train de repeindre le navire; nous voulons rentrer dans Rio aussi beaux que possible. Cette coquetterie va nous causer quelque retard, nous faisons un détour pour ne pas arriver avant d'être complètement parés.

Je te rappelle, cher papa, le désir que j'ai de passer mes examens à Paris, c'est ce qu'il y a de mieux; je ne voudrais pas aller passer en province; tous mes camarades doivent du reste en faire autant.

du 31 Janvier au 4 Février

Nous étions hier 4 devant Rio de Janeiro; nous attendons à demain la brise favorable pour entrer dans le port, on ne peut y entrer que de 1 heure à 6 heures. *Nous sommes tous, je t'assure, bien impatients.*

En rade de Rio Janeiro
le 5 Février 1849

Chère Maman

Nous sommes enfin mouillés dans la rade de Rio après 2 mois de mer et de bien mauvais temps. A 3 heures, nous sommes entrés dans la rade en passant devant le premier fort ; on nous a hélés, il nous a été impossible de comprendre ce qu'on nous demandait ; le second fort nous a hélés ; lui à son tour n'a pu entendre nos réponses, aussi nous a-t-il flanqué un coup de canon ; ne sachant ce qu'il voulait, nous continuâmes à marcher, quand il nous envoya un second coup de canon ; nous nous sommes alors décidés à mouiller devant lui, et bien nous en a pris, car il allait nous en camper un autre et à boulet cette fois. Une fois mouillés, la santé est venue nous visiter à bord, puis l'officier de port et la douane qui nous a laissé à bord un de ses hommes pour empêcher avant visite de débarquer les marchandises.

Toutes ces formalités remplies, je puis jeter un coup

d'œil sur ce qui m'entoure et t'en parler : la rade de Rio est charmante, elle est peuplée de navires de guerre de toutes les nations, elle est entourée de Montagnes vertes où l'on aperçoit des habitations charmantes. A peine arrivés nous avons été entourés par des embarcations du pays montées par des nègres qui venaient nous demander si l'on voulait descendre à terre. Je ne peux te parler davantage de Rio, nos lettres doivent partir demain à 4 heures du matin, nous ne devons pas aller à terre avant Jeudi.

Le Commandant a été à terre ce soir et il a rapporté une dizaine de lettres, j'espérais bien en recevoir une de vous, mais je n'ai pas eu ce bonheur là ; Monsieur Cor n'avait donc pas indiqué à Papa les bonnes occasions.

Adieu chère Maman, je t'embrasse bien tendrement ainsi que papa, grand'mère, mes frères, Jules, ma tante, Edmond, etc... rappelle-moi au souvenir de mon amie Madame Baudoin, bien des choses à Sophie et à ma bonne.

Je mords maintenant très bien au métier, nous allons maintenant pendant deux mois être exempts de ces petites misères qui forment l'apprenti marin, nous allons enfin boire de *l'eau fraîche* et ne plus manger tous les jours de la *viande salée*.

En rade de Rio Janeiro

Chère Maman

Je t'ai annoncé dans ma dernière lettre notre arrivée à Rio. La baie comme je te l'ai dit est charmante, nous avons eu le temps de l'admirer car nous n'avons été à terre que le dimanche suivant ; cet espace nous a paru bien long ; à chaque instant le commandant, les officiers et le passager qui est mon *ami intime* allaient à terre et nous faisaient encore plus désirer le moment où nous devions poser le pied sur un sol ferme. Chacun a envoyé sa lettre de recommandation ; j'ai envoyé celle que Reboul m'avait donnée, et le dimanche après la messe, car on nous a dit la messe à bord, je suis sorti avec Mr Jules Lacarrière jeune homme de mon âge. Il m'a mené chez sa mère qui est marchande de modes rue d'Ouvidor et qui possède une petite maison de campagne toute brésilienne à 5 minutes de Rio ; j'ai été déjeuner et dîner chez eux ; la famille se compose du fils aîné, d'un petit garçon et d'une fille de 13 ans ; j'ai été reçu à bras ouverts, enfin on ne peut mieux. Après le déjeuner je suis parti avec mon nouvel ami pour parcourir toute la ville. Elle est assez grande, les rues sont très petites cependant; pour l'Européen quelque peu artiste elle offre un cachet tout particulier; on ne rencontre dans la rue que des nègres et des négresses; les Brésiliens sortent peu et les Brésiliennes encore moins; on ne les voit que lorsqu'elles vont à la messe ou le soir après le dîner; elles se mettent à leurs fenêtres; il est alors permis de les regarder tout à votre aise, car dans le jour si par hasard elles sont à leurs fenêtres et qu'elles s'aperçoivent qu'on les regarde elles se retirent aussitôt. Dans ce pays tous les nègres sont esclaves; tous ces malheureux ont l'air abruti; le pouvoir qu'ont sur eux les blancs est extraordinaire; j'ai vu un marché d'esclaves, c'est un spectacle assez révoltant pour nous; les nègres ont pour costume un pantalon, quelquefois une vareuse en toile, mais il ne leur est pas permis comme esclaves de porter des souliers. Les négresses sont pour la plupart nues jusqu'à la ceinture, quelques-unes ont un foulard attaché au cou et tombant sur la poitrine, elles sont généralement laides, cependant j'en ai vu d'assez jolies; elles se mettent avec beaucoup de recherche. Les unes se font des turbans, les autres arrangent très artistement leurs cheveux crêpus et elles portent presque toutes des jupons ornés de monstrueux volants.

Quant aux Brésiliennes, elles sont généralement très jolies;elles ont des yeux magnifiquement noirs et des cheveux idem; elles sont toutes coiffées à la chinoise et sortent dans les rues toujours nue tête; le costume est celui des colonies espagnoles, costume très léger auquel nous ne sommes pas habitués chez nous; les femmes ne sortent jamais seules, elles sont toujours suivies de leur négresse ou elles sont avec leurs enfants, car dans ce pays, on se marie à 14 ans et moins. J'ai visité plusieurs églises, elles ne valent pas les nôtres c'est tout doré, tout illuminé, mais manquant de goût; il y a dans la ville quelques couvents, entre autres un couvent Italien où les révérends pères portent le froc et la grande barbe. Tout coûte horriblement cher dans cette ville de Rio, on ne se sert que de papier monnaie et de monnaie de cuivre.

A Rio les Brésiliennes se font porter en palanquin, il y a aussi des voitures, des omnibus traînés par des mules, car on se sert de cet animal en place de chevaux.

J'oubliais de te parler du palais de l'empereur; c'est une vraie bicoque, c'est mesquin; du reste il n'y habite pas souvent, il demeure à quelque distance dans un château appelé S^t^Cristophe. La milice brésilienne ne laisse pas que d'être très comique, les Brésiliens ont aussi une garde nationale, la loi de la presse existe dans ce pays et elle est mise en vigueur dans ce moment, car il s'est élevé des troubles à Baia et on y envoie tout le temps des troupes.

Je désirerais que tu écrivisses une lettre très aimable à ma correspondante et que tu la remercies de la manière dont elle m'a reçu; on doit me faire sortir tous les dimanches; mais ne t'effraye pas de son titre de marchande de modes, elle est hors ligne et son fils est un élève de la pension Jouffroy charmant garçon mieux élevé, je t'assure, que beaucoup d'entre nous. Je t'avouerai cependant que le premier dimanche de sortie il m'a paru assez drôle de me trouver en boutique, j'y suis fait maintenant. Si tu vois Reboul remercie le pour moi et dis lui que je lui rapporterai à mon retour une lettre de son ami.

Je n'ai pas entendu parler de Monsieur Pinto, cependant je sais son adresse, c'est un Portugais, j'irai peut être le voir un de ces jours. Si par hasard tu m'adressais une lettre chez lui, Papa je crois en avait le projet, aie soin de mettre ainsi l'adresse : *Manuel Ferreira* Pinto 39 via Directa, *car* tous les Portugais de la ville s'appellent Pinto.

Nous avons en ce moment des pluies épouvantables, elles durent quatre et cinq jours sans cesser et quoi de plus ennuyeux que la pluie à bord.

On n'a pas pu trouver de maître de dessin à Rio, le Commandant m'a prié de donner des leçons à mes camarades, me voici donc érigé en maître de dessin ; il faut te dire que pendant la traversée je m'étais fait une réputation, que tous les officiers et les professeurs m'ont demandé leur caricature et que le Commandant même m'a demandé la sienne pour ses étrennes ; j'ai eu le bonheur de m'acquitter du tout de manière à contenter tout le monde.

Tous les Jeudis nous sortons à 4 heures du matin, nous allons dans les embarcations du côté de la baie opposée à la ville et nous allons faire des excursions dans la campagne, on se baigne ; on dîne et on déjeune sur place ; on emmène avec nous le cuisinier et le maître d'hôtel et toutes sortes de provisions. Les promenades sont charmantes, nous avons le spectacle de la plus belle nature possible, nous avons des fruits tant que nous en voulons ; tous les jours une chaloupe du pays vient à bord chargée de bananes, d'oranges, d'ananas etc. ; le tout est très bon marché.

Le Carnaval de Rio a un cachet tout particulier. Le Dimanche gras je me suis promené toute la journée dans la ville. A 3 heures, toutes les femmes brésiliennes se mettent soit à leurs portes, soit à leurs balcons et lancent à tous les messieurs qui passent des bombes de cire de toutes couleurs, remplies d'eau et qu'on appelle *Limons*.

Dans plusieurs rues j'ai été assailli selon la coutume du pays. J'avais des limons plein mes poches et je ripostais de mon mieux, ce qui est très bien porté. Ce manège dura jusqu'à 6 heures du soir, tout rentre alors dans l'ordre et un bal masqué copié sur les bals de l'Opéra a lieu où le Français seul se distingue. Nous avons été passer notre Mardi gras à la campagne. Nous avons fait une partie délicieuse, on nous a fait pousser très loin notre excursion dans le pays que j'admire de plus en plus; malheureusement il y a énormément de serpents; en se promenant dans la broussaille il faut continuellement faire attention; j'ai vu de charmants oiseaux mouches.

Samedi 24 j'ai reçu votre lettre, chère Maman; elle m'a fait bien plaisir, il y avait si longtemps que je n'avais reçu de vos nouvelles.

Je viens d'aller passer trois jours à la campagne avec trois vieux garçons et trois camarades; nous nous sommes amusés autant que possible; nous avons été à la chasse dans les bois vierges, etc.

Adieu chère Maman; je ferme ma lettre, un packet

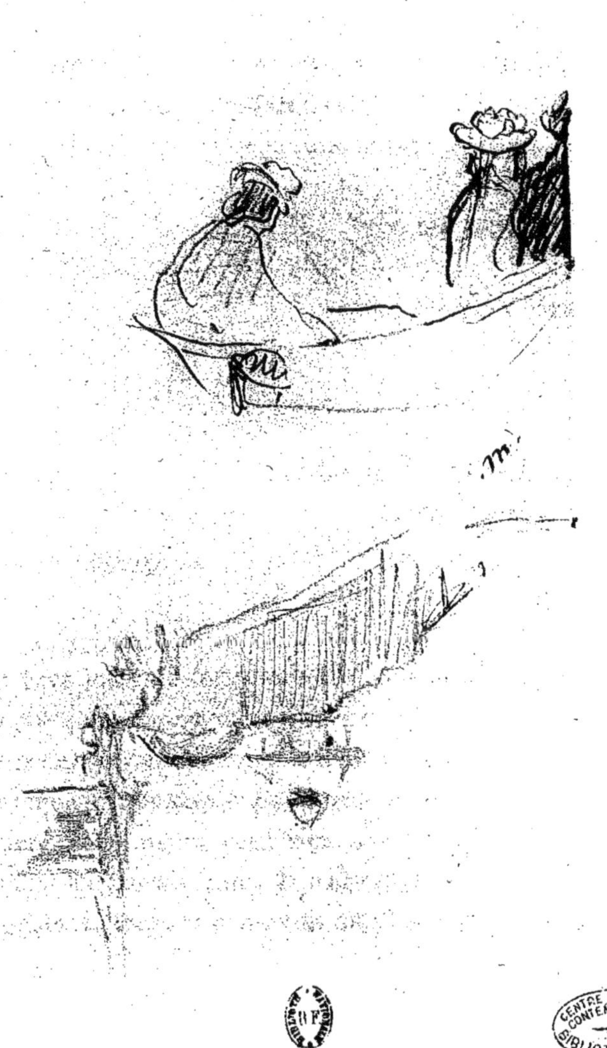

anglais va partir; je t'embrasse bien tendrement ainsi que papa, mes frères, grand'mère, Jules, etc.

Bien des choses à ma tante, à Edmond et à Marie,

ton fils respectueux

Edouard Manet

En rade de Rio Janeiro
Lundi 26 Février

(à son cousin Jules Dejouy)

Mon cher Jules, ta lettre m'a fait bien plaisir, je m'y attendais presque; comme toi je trouve que loin des siens on est heureux de recevoir des marques d'intérêt. Vas-tu pouvoir déchiffrer mon griffonnage, mes impressions; je t'avoue que les premiers temps m'ont paru bien durs, que les misères qu'entraînent le mauvais temps, la maladie m'avaient totalement dégoûté du métier; je me suis dit plus d'une fois: *que diable ai-je été faire dans cette galère*, mais nos mauvais jours sont passés, nous sommes tous maintenant marins aguerris. Rio-Janeiro nous a fait oublier nos quelques ennuis, la brutalité à laquelle nous n'avions pas été habitués et les colères réitérées d'un commandant despote.

En te donnant, cher ami, des détails sur Rio je ne ferai que répéter à peu près ce que j'ai dit dans la lettre de ma mère, c'est que la ville quoiqu'assez laide présente à l'artiste un cachet particulier, que la population est au trois quarts nègre, ou mulâtre, cette partie est généralement affreuse sauf quelques exceptions parmi les négresses et les mulâtresses; ces dernières sont presque toutes jolies. A Rio tous les nègres sont esclaves. La traite y est en grande vigueur. Quant aux Brésiliens, ils sont mous et ont, je crois, peu d'énergie, les Brésiliennes sont généralement très bien mais ne méritent pas la réputation de légèreté qu'on veut bien leur prêter en France; rien n'est si prude et si bête qu'une Brésilienne, elles ne paraissent jamais de jour dans la rue; le soir seulement à 5 heures elles se mettent toutes à leurs fenêtres, il est permis alors de les lorgner à loisir. Le carnaval se passe d'une manière assez drôle; je m'en suis vu comme tout le monde victime et acteur; toutes les dames de la ville se mettent à leurs fenêtres à partir de 3 heures et lancent à tous les hommes qui passent des *limons* ou boules de cire pleines d'eau qui se cassent en frappant l'individu et le couvrent d'eau; il est permis du reste aux Messieurs de rendre la pareille; pour mon compte j'ai usé de la permission; le soir il y a bal masqué à l'instar de Paris.

Quant à la campagne aux environs, rien n'est si beau, jamais je n'ai vu plus belle nature; j'ai été *hier* faire une partie avec plusieurs vieux garçons dans une île au fond de la baie, nous nous sommes beaucoup amusés, l'habitation où nous avons demeuré *trois jours* est délicieuse et toute créole; nous avons fait une excursion dans une forêt vierge, c'est bien curieux sauf les serpents qui troublent un peu le plaisir de la promenade.

Je me suis procuré deux correspondants dont un tout récemment; on me reçoit toujours de mieux en mieux; on me gâte.

Maintenant que je connais Rio à fond; je désire ardemment revoir la France et me retrouver le plus tôt possible au milieu de vous. Nous allons peut-être aller jusqu'à Baia ou à quelqu'autre port de la côte.

Pourquoi ce changement de logement? cela m'étonne.

As-tu donc des craintes réelles sur ta place? Que dis-tu, toi grand politique, de la nomination de L. Napoléon; n'allez pas surtout le nommer empereur, ce serait par trop drôle.

Ce pauvre Eugène se décourage donc toujours, quel drôle de garçon, je m'en étonne, car il se trouve cette année très bien partagé sous tous les rapports. Je crois que les commencements des mathématiques lui paraissent rudes et ennuyeux. Gustave devient sérieux, à ce qu'il paraît.

J'aurais voulu causer plus longtemps avec toi, mais l'on nous presse, nos lettres doivent être parties sur le packet à 3 heures et l'on nous a prévenus très tard de son départ.

Adieu cher Cousin, rappelle moi au souvenir de nos amis et principalement de Jules Munich; quand tu le verras ajoute pour lui bien des choses de la part du jeune Crémieux, un de mes amis. Ton ami dévoué

Edouard Manet

En rade de Rio Janeiro à bord du Havre et Guadeloupe ce 11 Mars 1849

(à son frère Eugène)

Mon cher frère, je profite d'un navire partant pour le Havre pour t'écrire deux mots, car je pense qu'une lettre de moi te fera autant de plaisir que m'en aurait fait une de toi. Nous voilà presqu'à la fin de notre campagne, car nous quittons Rio le 10 avril emmenant avec nous 8 passagers et 12 nouveaux élèves Brésiliens; et je t'assure, je serai bien content quand je verrai le port du Havre, quoique maintenant je sois habitué à la vie de mer et qu'il me semble que j'aie vécu jusqu'à présent à bord d'un navire; la carrière me plaît beaucoup, malgré de nombreux ennuis; mais heureusement pour nous l'apprentissage a été rude car à partir du 3e jour de navigation, nous avons eu des temps affreux jusqu'à Ténériffe, tempêtes etc., et nous avons fait en deux mois un voyage que l'on fait ordinairement en 40 jours.

Eh bien! le croirais-tu, je m'ennuie plus depuis que je suis à Rio qu'en mer, car voir la terre devant soi et n'y aller que le Jeudi et le dimanche ; encore au moment où je t'écris, voilà deux semaines que je n'ai quitté le bord, car dans une partie de campagne que j'ai faite avec des personnes de la ville j'ai été piqué au pied par un reptile quelconque, mon pied était devenu horriblement enflé, j'ai souffert le martyre, j'en suis quitte maintenant. Quant à ce beau pays d'Amérique je n'ose trop me prononcer, car malgré la belle nature, il pleut continuellement et des pluies monstres qui durent des quatre et cinq jours ; enfin je ne suis pas enchanté de mon séjour en rade ; j'ai été tourmenté, assez brutalisé ; aussi j'ai été plus d'une fois tenté de *courir une bordée ;* tu demanderas à Paul l'explication de ce terme.

Il y a beaucoup de Français à Rio ; aussi n'est-on pas embarrassé pour se faire comprendre ; quant aux Portugais et aux Brésiliens, ce sont des gens mous, lents, et je crois peu hospitaliers ; dans la ruë on ne rencontre que des noirs tous esclaves et formant les trois quarts de la population de Rio.

Je n'espère pas être reçu cette année, on est encore plus dérangé à bord d'un navire qu'à terre, et cette mesure stupide que l'on vient de prendre rend l'entrée à l'école presque inabordable.

A ce que me dit Maman dans sa lettre les mathématiques

te rebutent, il ne faut pas te décourager; les commencements font le même effet à tout le monde; je te charge de dire bien des choses de ma part à mes amis du collège Rollin; et de leur donner pour moi de bonnes poignées de main.

J'espère trouver à mon retour Edmond St Cyrien; le cher cousin pioche-t-il beaucoup? A-t-il eu cet hiver tous les plaisirs qu'il espérait avoir. Son père lui avait donné cette année permission d'aller au bal de l'Opéra; j'ai pensé à lui pendant les jours gras. Notre carnaval n'a pas été fort gai; tu as lu dans la lettre de Maman, la coutume bizarre du pays de lancer des boules pleine d'eau; voilà comme se passent les 3 journées.

On parle beaucoup de nous dans la ville; dernièrement il est paru dans les journaux un article sur le vaisseau école français où l'on faisait le plus grand éloge des élèves et des professeurs.

Nous sommes devenus rudes à la manœuvre; nous serrons nos voiles si ce n'est mieux du moins aussi bien que les navires de guerre mouillés auprès de nous, nous en avons reçu des compliments.

Jules m'a écrit, comme tu dois le savoir; il me dit qu'il

abandonne la rue Guénegaud, il y était si bien, ce me semble? J'espérai malgré Louis Napoléon le trouver encore substitut à mon retour.

Il y a dans ce moment à Rio un grand mouvement, on vient de découvrir en *Californie,* pays tout nouveau, des mines considérables; tous les navires partent pour s'y rendre; une bouteille de bière s'y vend 150 francs et ainsi de suite. Aussi les équipages des navires désertent ainsi que les capitaines pour aller dans l'intérieur ramasser de l'or, c'est à ne pas y croire. Les choses les plus nécessaires s'y vendent des prix exorbitants tant l'or y est commun; c'est une fameuse occasion de faire sa fortune.

J'ai été dernièrement au théâtre portugais, rien n'est si ennuyeux, si bête, on y danse sur la corde et on y danse fort mal; on ne paie qu'en sortant; malheureusement on n'est pas libre de ne rien donner si l'on n'est pas content.

Quand tu iras chez Madame Baudoin, rappelle-moi à son souvenir, dis bien des choses de ma part au gros Jules et à Le Hellaco si tu le voyais par hasard chez elle.

J'espère vous apporter un singe, on m'en a promis un. Toutes les fois que je vais me promener dans quelque bois ou quelque forêt vierge, je pense à papa et je me mets à

chercher des cannes; j'ai déjà mis la main sur plusieurs bois un peu calés.

Si tu voyais par hasard dans la cour mon ami *Caqué*, dis lui bien des choses de ma part.

Adieu mon cher Eugène, embrasse bien pour moi maman, papa, grand'mère et Gustave. Dis bien des choses à Jules, à Paul et à Edmond, à ma tante et à Marie.

ton frère dévoué

Edouard Manet

Mardi on doit célébrer à Rio l'anniversaire de la naissance de l'impératrice du Brésil, on nous promet de grandes fêtes.

9

En rade de Rio-Janeiro
à bord du Havre et Guadeloupe
le 22 Mars 1849

Cher papa

Je pensais que la lettre qu'Eugène a reçue serait la dernière que je vous écrirais, mais une occasion se présente et je ne veux pas manquer une seule occasion de vous envoyer de mes nouvelles.

J'ai déjà reçu vos trois lettres et vous n'en avez pas reçu une seule de moi, cela m'étonne car le 21 Décembre nous en avons remis à la hauteur de Porto, sur les côtes du Portugal à un brick que nous avons rencontré.

Nous avons quitté la rade, nous sommes depuis aujourd'hui dans le port pour faire notre chargement, devant emporter 2500 à 3000 sacs de café.

Il y a dans ce moment à Rio des fêtes tous les jours, fêtes

religieuses qui sont très suivies à Rio car les moines y sont en grand nombre.

Vous avez donc encore eu des émotions à Paris, tâchez de nous garder pour notre retour une bonne république, car je crains bien que L. Napoléon ne soit pas très républicain.

Il vient d'arriver à Rio un ami de Monsieur R., le chargé d'affaires de Montevideo, Mr Guillemot, qui revient en France, peut-être embarquera-t-il à notre bord. Paul si tu te rappelles voulait me donner une lettre de recommandation pour lui.

J'ai appris avec chagrin l'indisposition de grand'mère enfin elle va mieux maintenant, il faut espérer que ce bien durera.

Les lettres d'Eugène et d'Edmond m'ont fait bien plaisir. Dans mes moments perdus, je lis et relis vos lettres.

Adieu cher papa, embrasse Maman, tout le monde, pour moi, je ferme ma lettre, on va la remettre; j'étais de corvée aujourd'hui, je me suis trouvé pris à l'improviste.

ton fils respectueux

E. Manet

DE CET OUVRAGE, ACHEVÉ D'IMPRIMER LE VINGT-SEPT DÉCEMBRE MIL NEUF CENT VINGT-HUIT, IL A ÉTÉ TIRE CENT CINQUANTE EXEMPLAIRES SUR PAPIER D'ARCHES NUMÉROTÉS A LA MAIN, DE I A CL.

IMP. KALDOR, PARIS

www.ingramcontent.com/pod-product-compliance
Ingram Content Group UK Ltd.
Pitfield, Milton Keynes, MK11 3LW, UK
UKHW022100170726
13837UKWH00003B/1017

9 782329 180786